봄은 존재한다

봄은 존재한다

발행   2022년 02월 15일
저자   감성관
펴낸이   한건희
펴낸곳   주식회사 부크크
출판사등록   2014. 07. 15(제2014-16호)
주소   서울특별시 금천구 가산디지털1로 119 A동 305호
전화   1670-8316
E-mail   info@bookk.co.kr
ISBN   979-11-372-7413-6

www.bookk.co.kr

꽃과 설렘의 계절

봄은 존재한다

감성관 지음

BOOKK

이 시집을 밤하늘 속 하나의 별이 된 나의 벗들과

시를 쓰는 비밀을 간직하고 살기 시작하던

나의 열일곱 살에게 바칩니다

마음을 열기 위해 노력했다

글을 쓰기 시작한 지는 2년이 조금 넘었습니다.

현재는 고등학교 3학년입니다.

저는 본래 사람에게 마음을 열지 못했습니다.

그래서 사람을 대할 때면 '이 사람도 언젠가는 나를 떠나겠지'라고 되새김
하며 홀로 선을 그어버리곤 했습니다.

물론 마음 열기를 시도하지 않은 것은 아닙니다.

다양한 공동체와 활동에 참여하며 많은 사람을 접하기 위해 노력했고, 그
때마다 마음 열기를 연습했습니다.

하지만, 굳게 닫힌 마음의 문은 끝내 열리지 않았고 더는 상처받기 싫다는
생각에 마음을 숨긴 채 살아가기로 했습니다.

그렇게 지내던 중 우연히 어떤 책에서 우리가 신호등을 기다릴 수 있는 이유는 바뀔 것을 알기 때문이라는 글을 읽었습니다.

그 글을 읽고 항상 빨간 불이었던 마음속 신호등에 잠시나마 초록 불이 깜빡인 것을 느끼고는, 마음 열기가 불가능한 것만은 아니라는 생각을 하게 되었습니다.

그래서 다시 한번 도전해보기로 했습니다.

언제인지는 몰라도, 언젠가는 마음의 문이 열릴 것이니...

그 후로 매일 저의 마음에 관한 글을 적었고, 필명 '감성관'으로 활동하며 SNS에 올렸습니다.

또 제 마음이 내뱉는 소리를 존중하고, 사람의 마음에 관해 이해하고자 했습니다.

그래서 마음이 지쳐 어딘가 도망가고 싶을 때는 비행기 표도 구매하지 않은 채 공항으로 가 제주도로 즉흥 여행을 떠나기도 했고, '밥 한 끼 프로젝트'를 진행하며 400명의 사람과 만나 그들의 마음이 내뱉는 소리에 귀를 기울이면서 사람의 마음을 이해하고자 했습니다.

이 모든 순간들은 글자가 되고, 낱말이 되고, 문장이 되어 각각 하나의 글이 되었습니다.

또 마음을 이해할수록 잠시 깜빡였던 초록 불이 그 시간을 점차 늘려나가는 것을 느꼈습니다.

하지만, 글을 쓰는 데는 어려움 또한 많았습니다.

사랑에 관한 글을 읽고 연인과 헤어짐을 결심한 분들이 대단히 많았으며, 행복을 찾은 사람이 있는 반면에 불행에 빠진 사람들도 정말 많았습니다. 이로부터 부담감을 느끼기도 하였지만, 그와 동시에 글에는 상당한 영향력이 있음을 깨달았습니다.

나아가 이제는 마음을 열지 못하는 사람들에게 글로써 친구가 되어주고 싶다는 결심을 하게 되었습니다.

저의 첫 번째 시집 <봄은 존재한다>가 마음이 닫힌 사람에게는 언젠가 그것이 열리는 데 도움이 되고, 열린 사람에게는 그 안에 행복을 가져다주는 책이 되기를 원하고 바라고 기도합니다. 감사합니다.

감성관 올림

목차

1부

나의 심장이 너의 심장을 닮아간다

풍년

콩 심은 데 콩 나오고

팥 심은 데 팥 나오고

그대를 심은 곳에는

행복이 피어나오네요

풍년입니다

벽

우리 사이를 가로막는 벽이
너무 높고 두꺼워서
나는 오늘도 어김없이
벽의 반대편을 향해 달린다

이렇게 계속 달리다 보면
지구 한 바퀴를 다 돌기 전에는
너를 만날 수 있겠지

그리고 그때는 벽이 어떤 것도
우리 둘을 떼어놓지 못하도록
세상으로부터 우리를 지켜주겠지

핑계

어제는 날씨가 좋아서
오늘은 날씨가 안 좋아서

어제는 기분이 좋아서
오늘은 기분이 안 좋아서

네가 더욱더 보고 싶다

나에게 어떤 일이 있다는 건
너를 보고 싶은 핑계가 있다는 것

언제까지나

언제까지나 곁에 있겠습니다
일단은 곁에 있는 것이 아니라
앞서 말한 그대로 언제까지나 곁에 있겠습니다

세상이 당신을 모질게 대할 때면
저에게로 먼저 와주세요

그 이유가 무엇이 되었든
언제까지나 곁에 남아있겠습니다

사람 냄새

가끔은 실수도 하지만

그렇기에 더 매력적인 너에게서 사람 냄새가 난다

그리고 그 냄새는 너무도 향기롭다

완벽한 계획

있는 힘껏 멋을 부리고
강아지와 함께 산책에 나선다

목적지는 없지만
목적은 있다

마치 우연인 것 마냥
너를 마주치는 것이다

너는 내 옆의 강아지가 사랑스럽다며
내게 달려올 것이고
그렇게 되면 나도 너랑 몇 마디를 나눌 수 있겠지

완벽한 계획이다

0

나의 이름에 너의 이름을 빼면 '0'이 된다

그리고 나의 이름에 너의 이름을 더하면 '1'이 된다

우리는 함께일 때 비로소 하나가 된다

다른 마음을 품지 못한다

너의 사랑만으로도 가득 찬 나의 마음에
다른 마음이 한 방울이라도 떨어지면

그 한 방울은 밀도 높은
너의 사랑에 섞이지도 못한 채
마음 밖으로 떨어지고 만다

고로 다른 마음을 품지 않는다는 표현보다
품지 못한다는 표현이 더 적합하다

네 향기

내가 어디에 있든
네 향기가 난다

그래서 너를 잊고 싶어도
숨을 쉬는 건 곧 너를 떠올리는 행위여서
어느 곳에 가도 공기 중에는 네가 있어서
잊지 못하고 있다

숨을 참아보기도 하지만
그럴수록 가슴만 더 아파져 온다

짝사랑

비록, 너와 손 한 번 잡아보지 못했지만

너라는 존재를 알 수 있었으니

만날 수 있었으니

그리고 사랑할 수 있었으니

그 자체만으로도 나는 행복했으니

후회는 없다

이상형

모두가 각기 다른 이상형을 가졌지만,

그대는 각기 다른 이상형들 모두에 포함되는군요

당신을 '이상형'이라고 부르겠습니다

극한

너에게 극한한다

한없이 가까워지지만,
결코 닿지는 못한다

하지만 이렇게 계속 가까워지다 보면
서로가 손을 뻗으면 닿을 수 있는
그런 정도까지는 가까워질 수 있겠지

자존감이 떨어질 때

자존감이 떨어질 때면
제 눈을 들여다봐요

자존감이 떨어질 수 없을 만큼
완벽한 당신의 모습을 볼 수 있을 겁니다

그럼에도 자존감이 떨어진다면
얼굴로는 미소를 보이고,
어깨로는 기댈 수 있게 하고,
귀로는 이야기에 귀를 기울이고,
입으로는 칭찬할게요

제 사람은 저의 자존심이니
온몸을 바쳐서 제 자존심을 지키겠습니다

행복해지고 싶을 때

너에게 행복을 선물하였는데
그 행복이 나에게도 찾아왔다

너의 행복은
나의 행복과도 같아서

너를 행복하게 해주는 것은
나를 행복하게 하는 것과 같아서

행복해지고 싶을 때면
이렇게 너에게 행복을 선물하곤 한다

작은 일부분

어떤 사랑의 형태에서도

상대방을 소유한다고 생각하지 말아요

마음의 작은 일부분을

빌려온다고 생각해요

감사하고 겸손한 마음으로

작은 일부분을 빌려온다고 생각해요

너에게 묻는다

너에게 묻는다
'나는 어떤 사람이 어울려?'

너와 어울린다는 말을 듣고 싶다

잊었다는 말

이제는 정말 너를 잊었다
생각조차 나지 않는다
아 지금 실수로 떠올려 버렸다

가만히 있으면 계속 떠오르고,
잊기 위해 노력하면
그 과정에서조차 너는 계속 떠오른다

일부로 바쁘게도 살아봤지만
아무리 바쁜 와중에도
네 생각이 나는 걸 멈추지 못해서
결국에는 몸만 상하게 되었다

그리고 상한 몸을 이끌고 너한테 돌아가게 되었다

슬쩍 그려본다

네 표정을 보니
오늘 하루가 어땠는지 머릿속에 그려지고

네 목소리를 들으니
한 주를 어떻게 보냈는지 머릿속에 그려진다

너의 삶을 그리며
네 곁에 나의 모습도 슬쩍 그려보는데
때마침 너는 무슨 상상을 하길래
표정이 그리도 밝냐고 물어본다

나는 오늘 하루가 너무 좋았지 않냐고 말한다

세상 모든 것들아 고맙다

나를 힘들게 했던 것들아
행복하게 했던 것들아
그리고 스쳐 지나갔던 것들아
너희들 중 무엇 하나 뺄 것 없이 모두가 고맙다

너희들이 제때 내 앞에 나타나 주어서
나에게 소중한 것들이 무엇인지 알게 되었고
이 글을 쓰며 행복이 무엇인지 알게 되었다

그리고 너희들과 함께한 모든 순간은
우연처럼 그리고 운명처럼 꼭 들어맞아서
지금 내 앞의 사랑을 만날 수 있게 되었다

차라리

가만히 서 있을 바에는
차라리 앞으로 넘어지겠다

아프겠지만,
너에게 한 걸음 더 가까워질 수 있으니

붙잡아주면 더 좋고

짝사랑 규칙

짝사랑에는 규칙이 하나 있습니다

그것은 있는 그대로에 감사하고
있는 그대로를 사랑하는 것입니다

짝사랑을 하면 온갖 환상들로
좋아하는 상대를 바꾸기가 쉽기 때문에
더욱더 있는 그대로를 바라볼 줄 알아야 하고,
감사할 줄 알아야 하고,
사랑할 줄 알아야 합니다

그래도 될까

네가 혼자가 된 지금 이 순간을
내게 온 기회로 삼고 좋아해도 될까

네가 아파하는 지금 이 순간을
나의 존재가 필요해진 순간으로 여기고 좋아해도 될까

네 마음에 공감하는 대신
나의 마음이 공감받을 수 있을까

첫사랑

나는 매번 처음 느끼는 감정들을 느꼈으니
사랑한다는 말도 매번 처음이었고
갔던 곳도 다시 가면 처음이었고
모든 것이 처음이었다

그때마다 만나는 사람이 첫사랑인 것이었다

그러니 첫사랑이 누구인지 묻지 말아라
지금 나한테는 네가 첫사랑이다

배경

직접 찾아가지는 못하고
함께 걷던 이 거리를 걷는다

그저 이 배경을 곁에 두고 싶기 때문이다

지금은 공백이 되었지만,
한때는 우리의 역사가 담겨있던 이 거리를
많은 시간이 지났음에도
우리의 향기가 섞여서 나는 이 거리를

너도 그리워서 찾아오지는 않으려나
감히 기대를 품어보기도 한다

추억의 끝자락

과거 추억 속으로의 회상은

또 다른 과거를 추억하게 하고

그 과거 또한 그 이전을 추억하게 한다

그리고 그 끝자락에는 항상 네가 있다

시

당신이 내뱉은
말 한마디 한마디,

하루에도 수백 번
당신을 떠올렸던 순간들,

당신을 공부했던 순간들,

그리고 당신과 함께한 모든 순간은

글자가 되고
낱말이 되고
문장이 되어
하나의 시가 되었습니다

사계절

여름에 만난 우리 사이는 진했고 뜨거웠다
마음에 비가 오고 나면
항상 짙은 무지개가 떴고,
비가 그치고 나면
뜨거운 해가 빗물을 흔적도 없이 도로 가져갔다

가을을 맞이한 우리 사이는 진했고 시원했다
그늘을 제공하느라 힘이 빠진 잎들은
짙은 색의 낙엽이 되어 떨어졌고,
시원한 바람은 수고한 잎들이
새로 꽃피울 수 있도록 조심스레 가져갔다

겨울을 맞이한 우리 사이는 연했고 차가웠다
마음은 추위를 들이기 싫어 빗장을 굳게 닫았지만,
눈은 날카로운 바람과 함께 그 사이를 비집고 들어가서
마음 사이사이에는 눈이 섞였다

봄을 맞이한 우리 사이는 연했고 미지근했다
따뜻한 해가 마음을 녹여주었지만,
이미 마음에 섞여버린 겨울의 눈을
도로 가져가지는 못했다

또 한 번의 여름을 맞이한 우리 사이는 연했고 미지근했다
밝은 해도 마음을 뜨겁게 달구지는 못했고,
마음에 섞인 눈을 도로 가져가지도 못해서
여전히 연하고 미지근했다

동행

네가 믿는 것이 뭐가 되었든
따라 믿기로 했다

천국을 가더라도 너와 함께
지옥을 가더라도 너와 함께
동행하기로 했다

또 같은 시간에 잠에 들어
꿈나라에서도 동행하기로 했다

그리고 같은 시간에 깨어나
언제 어디서든 동행하기로 했다

가장 아름다운 단어

그대는 세상에서 가장 아름다운 단어인
그대의 이름으로만 부를 수 있습니다

어떤 대명사도
그대의 이름을 대신할 수 없으며,

어떤 형용사나 부사도
그대의 이름을 나타내기에 충분하지 못합니다

오직 그대의 이름만이
그대를 설명할 수 있으며,
그 속에는 말로 표현할 수 있는
모든 아름다움이 들어 있습니다

아름다운 모습

꽃 중에는 예쁜 꽃도 있고,
그렇지 않은 꽃도 있고,
또 독이 되는 꽃도 있다

모두가 이 사실을 알지만,
꽃에 대해 생각할 때면
아름다운 꽃만을 떠올린다

꽃은 꽃이기 때문이다

그리고 너도 그렇다

너의 여러 모습 중에 하나 정도는

눈살이 찌푸려지는 모습이 있겠지만,

너를 생각할 때면

아름다운 모습만을 떠올린다

너는 너이기 때문이다

기다리겠습니다

들어오실 때는 문을 여셨으면서
나갈 때는 왜 닫지 않으셨나요

혹시라도 언젠가 돌아오셨을 때,
닫힌 문을 보고 돌아가실까 봐
차마 문을 닫지 못하고 있습니다

그러니 더는 저를 보고 싶지 않으시더라도
열어놓은 문을 닫으러 한 번만 와주세요
그때까지 기다리겠습니다

너를 통해 알게 된 것

너를 통해 알게 된 것

심장 소리가 정말 크다는 것
사람은 서로 닮아가며 변한다는 것
사람을 믿을 수 있다는 것
의지하는 법과 위로받는 법
사랑하는 법과 사랑받는 법
'함께'의 의미와 가치

별똥별

떨어지는 별을 한 번 보고 나서
서로를 지그시 바라보며
우리의 사랑이 영원하길 빌었었지

근데 우리가 이별을 맞이한 걸 보니
그 별이 실은 떨어지려다 말았나 봐

헤어짐의 이유를 모르는 게
헤어짐의 이유이지만...

있는 그대로

저의 있는 그대로를 사랑해주길 바랍니다

주변 시선을 의식하고,
날것의 모습과는 사뭇 다른 모습을 원하는,
그대의 눈동자 속의 저는 한없이 작아져서
결국에는 모습을 감춰버리게 되니

저의 있는 그대로를 사랑해주길 바랍니다

그래 주신다면,
저 또한 어떤 것도 신경 쓰지 않고
언제 어디서나 그대를 진심으로 사랑하겠습니다

세상은 좁다

세상이 정말 좁다는 사실을
헤어지고 나서야 알게 되었다

어딜 가도 네가 보이거든
모두가 너처럼 보이거든

그만큼 너를 떠올리거나

훈장

나는 오늘도 네 손을 가슴 위에 얹은 채로
하루를 맞이한다

그러면 이것은 곧 나의 심장을 깨워
하루를 시작할 용기를 주며

세상에서 가장 아름다운 사람이
내 곁에 있다는 자랑스러운 증거가 되며

어떠한 역경 속에서도
가슴이 굽어지지 않게 하다

네 손은, 세상에서 가장 값진 훈장이다

부케

부케를 받으면
사랑의 결실을 맺는다고 믿었기에
매번 몸을 이리저리 날리며
부케를 쟁취하기 위해 노력했다

마치 내가 결혼식의 주인공인 것처럼
필사적으로 노력해서 매번 부케를 받았지만,
그럼에도 사랑의 결실을 맺지는 못했다

타인의 사랑을 빼앗아서라도
나의 사랑을 쟁취하려고 했건만
그럴수록 내 모습만 비참해졌다

만약 나를 향한 부케만 받았더라면 뭔가가 달랐을까

달이 될래

밝게 빛나는 해보다도
적당하게 빛나는 달이 될래
그래야 네가 나를 볼 수 있으니까

네 하루의 마지막에 서서
나의 빛으로 너의 머리를 쓰다듬어 주고
어둠 속에서도 길을 잃지 않도록
앞을 환히 비춰줄게

너의 심장을 닮아간다

나의 심장이 너의 심장을 닮아간다

네 심장이 빠르게 달리면
나의 심장도 빠르게 달리고,
천천히 걸으면 나의 심장도 천천히 걷고,
그러다 멈추면 따라 멈춘다

또, 달리는 방향도
네 심장이 달리는 방향으로 달린다
그리고 이것은 너에게로 이끌리게 한다

네 심장도 나를 향해 뛰어서
자석이 제 짝을 찾듯,
우리도 서로 만났으면 좋겠다

주인공이 되었다

사랑 노래를 들을 때마다
그 주인공이 되고 싶다고 생각했었는데
드디어 주인공이 되었다

거리의 모든 스피커들이
함께였던 우리의 이야기를 노래한다

우리 둘만 안다고 생각했던 것들까지
네가 지은 노래인가 싶을 정도로
자세하게 그 이야기를 읊는다

노래 하나 참 잘 만들었다

안타깝다

너를 한 번도 보지 못한 사람들이
있다는 사실이 너무도 안타깝다

어떤 그림도 너보다 아름다울 수는 없는데,
어떤 노래도 너의 목소리보다 감미로울 수는 없는데,
어떤 향도 너의 향보다 향기로울 수는 없는데,

그 사실을 모른 채
다른 것들을 향해 아름답다고 하는 사람들의 모습이
세상으로부터 속고 사는 것처럼 보인다

사랑을 믿는다

사랑 안에서 더욱 성숙해질 것을 믿는다
아직은 사랑을 꽃피운 지 얼마 되지 않아서
우리가 이토록 아파한다고 생각한다

조금만 더 무르익으면
분명 달콤한 열매를 맺을 것이다

정말 아름다운 것

정말 아름다운 것은
주변과 비교될 때에 비로소 빛나지 아니한다
오직 그 자체만으로 빛날 뿐이다

너도 그렇다

무슨 말을 먼저 해야 할까

고맙다는 말을 먼저 해야 할까

미안하다는 말을 먼저 해야 할까

헤어지자는 말을 먼저 해야 할까

그것도 아니면 여전히 사랑한다는 말을 먼저 해야 할까

머릿속에서 주어, 동사, 그리고 목적어를 재배치하며

무슨 말을 먼저 해야 할지를 고민한다

고백

고백은 사랑의 첫 바늘을 꿰맬 때만을
일컫는 게 아니다

매 사랑의 순간에 그 감정들을
표현하는 것 또한 고백이라 일컫는다

다음 생

다음 생이 있다면 벚꽃으로 태어나서
매년 봄,
내가 가장 이쁘게 만개했을 때,
그 순간을 너와 함께하겠다

그러다 떨어질 때가 되면
바람을 타고 네가 찾아올 수 있는 곳에 떨어져서
또다시 꽃 피우기 위해 일 년을 노력하겠다

그리고 다시 봄이 되면
그 순간을 너와 함께하겠다

네가 곁에 있을 때

네가 곁에 있을 때

하늘의 손가락질인 비는
앞길을 닦아주는 고마운 이가 된다

세상의 따가운 시선들은
세상을 무대 삼아 춤추는 우리를
관람하는 관중이 된다

지름길을 만나면 행운이 되어 기쁘고,
에움길을 만나면
함께하기에 더없이 좋은 핑계가 되어 기쁘다

그렇다

너와 함께 있을 때면

세상 모든 것들이 고마워진다

유통기한

우연히 만나

우연히 사랑에 빠지고

우연히 이별을 맞이했다고 생각했던 것들이

실은 전부 우연이 아니라 운명에 속한 것일 테지

그리고 우연이라 생각했던 만남처럼

어떤 일이 일어나더라도

그것 또한 운명에 속한 것일 테지

첫 만남 때부터

아니 어쩌면 그 전부터

운명처럼 생겨버린 우리 사이의 유통기한은

의지와 상관없이 마음의 수명을 결정지었으니

어떤 노력에도 결과가 변하지 않도록 하였으니

앞으로는 후회라도 남기지 않도록

마음이 행하는 대로 행하고

나머지는 운명에 맡기겠다

사람은 꽃보다 아름답다

사람은 꽃보다 아름답다는 말이
너로 인해 증명되었다

꽃은 한때만 피지만
일 년 내내 제철인 너는

꽃은 오래 피면
열매가 튼실하지 못하지만
오래 필수록 예쁘고 사랑스러운 너는
꽃보다 아름답다

오히려 좋아

힘들 때만 기대려 하지 않아도 돼
잠시 눈을 붙이고 싶은데
기댈 곳이 없을 때도 좋아
기댈 곳이 있을 때도 좋고
아니 언제든 좋아
괜찮은 게 아니라 오히려 좋아

몸을 이리저리 내민다

가만있으면 지나쳐 갈 것들을
그냥 보내기가 아쉬워
몸을 이리저리 내밀며
나를 스쳐 가도록 한다

그러면 그것들에게서
나의 냄새가 묻어날 것이고

운이 좋다면
그중에 하나쯤은 너에게 닿겠지

계속 이리저리 몸을 내밀다가
나의 냄새가 익숙해질 때가 되면
아무도 모르게 네 곁으로 가겠다

우연히

너를 우연히 마주치게 된다면
그것은 우연이 아닐 것이다

우연을 가장한 수많은 만남 중에서
성공한 단 한 번의 만남일 것이다

처음 만났던 그 순간부터 지금까지
우리가 함께한 모든 순간은 나의 계획이었다

네가 우연이라 일컫는 이 순간까지도
필연 속에 남고 싶어 우연을 조작한 나의 계획이다

네 옆에서의 잠

네 옆에서 자는 게 좋다

누군가는 똑같은 잠이 아니냐고 묻겠지만,
그 말을 한 사람은 분명
눈을 떴을 때 네가 눈에 바로 들어온다는 사실과
그것으로 특별한 하루가 시작된다는 것을 몰라서 한 말이다

네가 곁에 있는 하루 중에는 특별하지 않은 하루가 없다

사랑하는 사람이 1순위가 아닌 사람

사랑하는 사람이 1순위가 아닌 사람

자신의 할 일을 열심히 하면서도
그 가운데 사랑하는 사람을 잊지 않는 사람

사랑을 하기 위해서는
자신이 맡은 일을 열심히 해야 함을 아는 사람

사랑하는 사람을 위해
자신이 맡은 일을 열심히 하는 사람

기적

나의 기적이 되어주겠니

변하지 않을 것만 같았던 것들이 변하고
이루어지지 않을 것만 같았던 것들이 이루어져서

결국에는 네가 나에게 오는 기적이 되어주겠니

앵무새

새가 와서 지저귀길래

네 곁에서 노래 한 곡 불러주라며 모이를 주고

좋은 말들만 지저귀라고 예쁘고 고운 말들만 알려준다

그리고 용기 없는 마음을 대신 전해달라며

나의 속마음을 읊는다

좋은 답변을 가지고 돌아오기를

스쳐 간 인연

스쳐 간 인연은 잊는 것이 아닙니다

그리고 이미 마음속에
굵은 글씨로
깊게 새겨졌기 때문에
잊고 싶어도 절대 잊지 못합니다

시간이 흐름에 따라 익숙해질 뿐입니다

반대쪽 모습

나는 오른쪽에서, 그리고 너는 왼쪽에서
우리는 늘 손을 맞잡고 걸어왔지

날이 추워서 손이 얼었을 때도,
날이 더워서 땀이 흥건할 때도,
우리는 그것들에 아랑곳하지 않고 지금까지 걸어왔어

하지만 그와 동시에
서로의 반대쪽 모습을 보지 못했기에
서로의 아픔에 공감하지 못하게 되었어

결국에는 그것을 사유로 이별을 맞이했고
떠나는 뒷모습을 보고서야
뒤늦게 그 아픔에 대해 공감하게 되었지

그림자

네 그림자 속에
나의 그림자를 넣으면
네 안에 들어갈 수 있을 줄 알고

낮에는 네 그림자와 춤추고
밤에는 너를 비춰서 생긴 그림자와
춤을 추곤 했었다

하지만 내 그림자 안에
네 그림자가 들어올 뿐,
네 그림자 안에
내 그림자가 들어가지는 못했다

오히려 내 그림자는 어둠 속에서

홀로 눈물을 흘리기만 했다

그래서 더는 네 그림자와 춤추지 않으려고 한다

이제부터라도 나의 그림자와 함께 춤추며

순간의 감정들에 충실히 임하려고 한다

뜨거운 사랑

많은 부분을 사랑하지만
모든 부분을 사랑하지는 않습니다
아니, 사랑하지 못한다는 표현이 알맞겠습니다

우리는 분명 사랑 안에서 함께 성숙해질 것입니다
서로의 부족한 부분들은 채워주고
좋은 점들은 배워서 맞춰 나가며
더더욱 많은 부분을 사랑하게 될 것입니다
하지만 그럼에도 모든 부분을 사랑하지는 못합니다

우리의 뜨거운 사랑이
오래도록 그 온도를 유지하기 위해
이 사실을 잊지 말아 주길 바랍니다

대답해주세요

그대를 사랑하는 것

밤마다 그대 생각에 잠 못 이루고 있는 것

이것들 전부 제가 잘하고 있는 건가요?

그대를 사랑하는 게 맞긴 한 걸까요

직접 대답해주세요

오히려 기쁘다

사랑하는 게 죄라면 오히려 기쁘다

다른 이들은 죄를 짓는 것이 두려워

너를 사랑하는 것을 그만두지 않겠는가

반면에 나는 너를 사랑하며

벌 받기를 두려워하지 않으니

만약 사랑하는 게 죄라면

오히려 기쁘고 다행스럽다

눈을 감으면

볼 수 없어도
만질 수 없어도
목소리조차 들을 수 없어도

제 안에는 당신이 살고
당신의 안에는 제가 살고 있기에
우리는 이미 하나가 되었기에
어떤 형태의 이별도 우리를 떼어놓지 못하기에

눈을 감으면,
웃을 때 올라가는 입꼬리와
미간의 작은 주름까지도 선명하게 그려집니다

발걸음 소리

들려오는 발걸음 소리에

나는 또 설렌다

귀를 기울이며

무엇을 신었는지

걸어오는지

뛰어오는지

상상력을 마음껏 뽐내며

내심 너였으면 하고

기대하기도 해보지만

그렇게 계속 귀를 기울일 뿐

절대 돌아보지는 않는다

만에 하나 그 소리의 주인공이 너여서

눈을 마주하게 되었을 때

아무 말을 할 수 없다는 사실을

이제는 남이 되었다는 사실을

받아들일 용기가 내겐 없다

너의 시선을 나침반 삼아

너의 시선을 나침반 삼아 나아가다 보면
어느 곳에 도착할지 궁금하다

그리고 그렇게 나아가다 보면
어느 곳이든 분명 좋은 곳에 도착하리라 믿고,
그곳에서 만난 너의 시선이 나를 향하기를
간절히 기대해 본다

나를 잃어버렸다

'너'를 얻기 위해

네 이상형대로 바뀌었더니

'나'를 잃어버리고 말았다

거짓말

어떻게 지내냐는 너의 물음에
잘 지낸다는 나의 대답은
눈물 젖은 거짓말이 되었다

가끔은,
잘 지내지 못한다고 답했으면
너의 반응은 어땠을까 상상해보곤 한다

기억이 나진 않지만

기억이 나진 않지만,
우리는 만났었다
말 한마디 나눠보지 못했지만,
우리는 얘기를 나누었다

태어나기 전, 운명을 정하며
인연을 정할 때 우리는 만났었다

서로를 마주 보며 함께할 사람들을
하객으로 둔 채로 평생의 사랑을 맹세했었다

2부

지름길은 아니더라도,
결국에는 네게 닿기를

행복에 관하여

행복이란 대단한 게 아닙니다

아침 해가 밝게 떠올라
하루를 활기차게 시작하는 것

마주치면 밝게 인사할 사람이 있어
잠시나마 미소를 머금는 것

행복에 대해 이 글을 써 내려가며
다시금 행복을 느끼는 것

이 모든 것이 전부 행복입니다

행복이란,

일상 속에서 무심코 지나칠 수도 있었던 것들을

굳이 마주하여 기쁨을 누리는 것입니다

친구가 생겼다

친구는 만든다는 표현보다
생겼다는 표현이 알맞다

여러 요인들이 우연히,
그리고 운명처럼 꼭 들어맞아서
생겼다는 표현이 알맞다

우연을 조작하거나
임의로 추가해서 만든 관계는
친한 사이와 친구 사이에
정의하기 애매한 관계로 남고

예상치 못한 곳에서

예상치 못한 만남을 가졌는데

운명처럼 친해진 관계가 친구 사이로 남는다

달빛을 등불 삼아

무언가 잘못을 한 날에는

우연인 듯,

우연이 아닌 듯,

달이 유난히도 크고 밝게 떠올라

내가 숨지 못하도록 나를 환히 비춘다

그럴 때면, 달빛을 등불 삼아

내면을 훤히 비추며 스스로를 성찰하고

나 또한 달과 같이

세상을 무대 삼아

밝고 당당하게 떠오를 수 있도록

더 성숙한 나 자신이 되어야겠다고 다짐하곤 한다

들숨 날숨

세상 모든 것들이 네 안으로 들어오도록
숨을 크게 들이쉬고,
그것들이 다시 나갈 수 있도록
숨을 크게 내뱉어라

세상의 어떤 악한 것들도
네 안에 들어갔다 나오므로 인해
새롭게 거듭날 것이다

너는 지금 이 순간도,
그 존재 자체만으로도
세상을 더욱더 아름답게 변화시키고 있다

욕심

살아가면서 만날 사람들 모두가
자신을 좋아해 주길 바라는 건
세상에서 가장 큰 욕심이지만

소중한 사람으로부터 사랑받기를 바라는 건
모두가 바라고 또 바라야 하는
아름답고도 합당한 욕심이다

해와 달

너는 해가 되어

밝게 빛나면서 세상에 생기를 불어넣어

나는 달이 되어

네가 볼 수 있도록 적당하게 빛나고

세상이 생기를 잃지 않도록 어둠을 내쫓을게

비록, 우리가 만날 순 없지만

서로의 존재를 의식하며

각자의 자리에서 세상을 비추고

세상 사람들로부터 서로의 이야기를 전해 듣자

다음은 어디로

몸이 지쳐서일까
마음이 지쳐서일까
그것도 아니면 현실을 피해
어딘가로 도망가고 싶어서일까

나는 다시 한번 눈을 감는다
잠에 들 때까지 계속 감는다

그리고 그렇게 도착한 꿈나라에서도
같은 이유로 다시 한번 눈을 감는다

이번에는 어디로 갈까

단점을 물어본다

나의 단점을 물어본다

예기치 못한 답변이 나와
속상해질지는 모르지만

그걸 감수하고도 남을 만큼
오래도록 함께 동행하고 싶어서
나의 단점을 물어본다

알아야 고칠 수 있으니
스스로 잡아내지 못한 단점들을 미리 들려주면
미리 고쳐보도록 하겠다

정말 중요한 것

얼마나 많은 사랑을 받는지가 중요한 게 아닙니다
누구로부터 사랑을 받는지가 중요한 것입니다

우리는 많은 사랑을 받을 때가 아닌
사랑하는 상대로부터 사랑을 받을 때
가장 행복하기 때문입니다

믿기 때문에

같은 문제가 반복되고
같은 조언을 반복합니다

언젠가는 진심이 통해서 마음에 변화가 생기고
변하지 않을 것만 같았던 것들까지도
변할 것이라고 믿기 때문에
같은 조언을 반복합니다

믿지 않았더라면 애당초 조언을 하지 않았습니다

지름길이 아니어도

내 진심이 바로 네게 와 닿으리라는
기적 같은 일 따위는 바라지도 않는다

다만 지름길은 아니더라도,
돌고 또 돌아가야 해서
오랜 시간이 걸리더라도,

마지막에는 네 가슴에 닿기를
감히 바라볼 뿐이다

울고 싶다

힘들다며 내 품에 안겨서 우는 네가 부럽다

나도 누군가의 품에 안겨 울고 싶지만

의지하는 방법을 몰라서

마음이 열리지 않아서

밤마다 이불만 꼭 끌어안고

고개를 파묻을 뿐이다

가끔은 정말 사람한테 의지하고 싶은데

어떡하면 마음을 열고

어떡하면 의지할 수 있고

어떡하면 위로받을 수 있을까

누군가의 품에 안겨

날 것 그대로의 모습으로 펑펑 울고 싶다

하늘이 고마운 하루

슬픈 생각에 잠겨 눈물을 흘리는데
하늘이 그런 제 마음을 어떻게 알았는지
비를 내려 제게 공감해 주네요

소리 내 울고 싶었는데 잘 됐어요
빗소리가 울음소리를 숨겨 주겠지요

하늘이 이렇게나 저를 생각해주니
밖에 나가 하늘과 함께 산책이나 해야겠어요
그러면 흘리는 눈물마저도 빗물이 닦아줄 테니까요

하늘이 고마운 하루입니다

그냥

소중한 사람의 아픔에 대해

진심으로 생각하고

또 공감해 주는 것은 좋지만,

같이 아파하지만은 않았으면 좋겠습니다

그냥 그러면 참 고마울 것 같습니다

의도, 의미

의도가 없는 행동은 있어도
의미가 없는 행동은 없다

단지 그 의미를 받아들이지 않을 뿐이지
일상 속에서 행하는 사소한 행동들에는
모두 의미가 담겨있다

또, 누군가는
그 행동에 의도를 부여하기도 하는데
가끔은 그것이 받아들여져서
오해를 사기도 한다

열정

더 뜨겁게 그리고 더 열심히 달리기 위해
가슴 속 깊은 곳에 불을 지폈다

어떤 때는 크게 타올라 데일 때도 있었지만
대체로는 적당하게 타올라
추울 때는 떨지 않도록 도와주었고
밤에는 길을 밝힐 수 있도록 도와주었다

그래서 불이 좋기만 했고
중요한 사실을 인지하지 못했다

불이 타기 위해서는 장작이 필요하다는 것을
장작은 나 자신이라는 것을

저의 진심은요

정답을 듣고 싶어서 말하는 게 아닙니다

이렇게라도 털어놓고 나면
후련해지기 때문에 말하는 겁니다
그러니 아무 말 없이 들어주세요
그게 당신이 할 수 있는 최선입니다

정말 몰라서 속는 것이 아닙니다

의심하느라 속앓이를 하기에는
제 시간이 너무 아깝기에
그리고 때로는 속는 셈 치고 믿어보면
적어도 그 순간만큼은 행복하기에 속아주는 겁니다

외로움

외로움은 사람을 가장 연약한 상태로 만들어서
약간의 바람에도 이리저리 흔들리게 하며
혼자서는 그 감정을 해소할 수 없다는 생각에
아무나 붙잡고 의지하게 만든다

이때 잘못 의지하면,
상처를 받아 다시 혼자가 되고 다시 외로워지고
새로운 상대에게 다시 의지하는 과정을 반복하게 된다

따라서 외로움은 무서운 감정이다

함께의 가치

함께할 때

고통은 반비례 관계이고

행복은 정비례 관계이다

멋있는 추억

지치고 힘들 때가 찾아오면
지금을 떠올려

지금의 네 모습은
언제 보아도
다시 용기를 가질 수 있게 해주는
멋있는 추억으로 남을 거야

힘든 상황도 곧 행복

힘들어지려고 할 때면

너는 곧장 내 곁으로 날아와서

힘들어하도록 내버려 두지 않기 때문에

내게는 힘든 상황도 곧 행복한 상황이 된다

그래서 힘들 때도

곧 행복해지리라는 것을 알기에

얼굴에는 미소를 잃지 않는다

혼자 울지 말아요

제가 곧 갈 테니
혼자 울지 말아요

제가 가면,
그때 제 곁에서 울어요
혼자 울면 더 비참하잖아요

그리고 무엇이 당신의 눈에
비를 내렸는지 캐묻지 않을게요
그저 그냥 곁에서 귀를 기울일게요

또, 하고 싶은 말이 없으면
굳이 말을 하려 하지 않아도 돼요
그저 그냥 곁에 있을게요

위로 습관

힘들 때마다 위로를 받았는데
그렇게 받은 위로가 너무 많아서

이제는 위로를 받아도
어떤 말을 들을지 미리 알고 있고,
그에 나는 어떤 대답과 반응을 할지도
미리 알고 있다

습관처럼 익숙해져 버린 위로 말고,
누군가의 어깨에 기대어
온전히 나 자신을 맡기고
의지하는 방법을 알고 싶다

여러 종류의 감정

마음과 마음 사이에
한 종류의 감정만 오간다면,
뜨거운 관계가 될 수 있을지는 모르지만
결코 진한 관계가 될 수는 없습니다

다채로운 감정이 한데 어우러질 때만
마음 안에는 농도가 짙은 무지개가 뜹니다

상처

지금 당장 아프지 않다고
상처받지 않은 것은 아니고,
상처가 보이지 않는 곳에 났다고
상처받지 않은 것 또한 아니다

때로는 아픔이 뒤늦게 느껴질 수 있는 법이고,
보이지 않는 곳에 난 상처가
더 큰 상처일 수 있는 법이다

남

우리는 처음부터 남이었다

다만, 그 사이가 다른 이들보다

조금은 더 따뜻했을 뿐이다

특별한 사이라고 착각했던 것은

따뜻함을 뜨거움과 혼동한 데서 생긴 결과일 뿐이다

우정이고 사랑이고 소중한 것

힘든 마음을 털어놓을 때는,
귀를 기울이며 그 마음을 이해하고 공감하기 위해
최선을 다해 노력합니다

잘못 나아가고 있을 때는,
올바른 길을 제시해주며 길을 바로잡을 수 있도록
격려와 응원을 아끼지 않습니다

조언이 필요한 때는,
눈치 보지 않고 나서서 알맞은 조언을 해줍니다
설령 그 조언에 상처받을지라도 조언을 해줍니다
그게 제가 아는 우정이고 사랑이고
소중한 것이기 때문입니다

무조건 공감하며 이해하지 않고,

필요한 때는 눈치 보지 않고 나서서

진심으로 잘 될 수 있도록 도와주는 게

제가 아는 우정이고 사랑이고 소중한 것입니다

화를 내는 일

화가 많이 나 속이 펄펄 끓었고
내 안에서 나를 이루던 것들은
증발하기 시작했다

나를 이루던 것들은
공기 중으로 하나둘씩 사라졌고
나는 그만큼 계속 가벼워졌다

그리고 더 증발할 게 없어질 때까지
화를 내고서야 깨달았다

화를 내는 일은 나를 잃는 일임을

빛나기 위한 조건

별은 주변이 어두워야 보이죠

당신의 삶도 그렇답니다

그래서 지금 이렇게 막막하기만 한 거예요

언젠가는 세상을 밝게 비출 별이 되기 위해

그리고 누군가가 그런 당신을 보며

잃어버린 길도 찾을 수 있게 하기 위해

비밀

무엇이 네 얼굴에
주름을 새겼냐는 질문에
아무것도 아니라는 너의 대답은
우리 사이에 비밀을 하나 더 만들었다

무엇인지 다시 묻고 싶지만,
비밀을 간직하길 바라는 너의 마음은
나의 공감을 허락하지 않는다

알려주고 싶었다

너는 나에게 소중한 사람이어서

식상한 덕담이나 흔한 위로보다도

삶의 지름길을 알려주고 싶었지만

그럼에도 끝내 말하지 않았다

직접 길을 개척해야 너만의 길을 만들 수 있을 테니

그중에서도 지름길을 개척하길 바라만 본다

해

당장에 해가 보이지 않는 이유는
구름 뒤에서 더 밝은 빛으로
새 단장을 하고 있기 때문이지
없어졌기 때문이 아닙니다

조금만 더 기다려봐요

곧 해가 구름을 헤치고 밝게 떠올라
무대 위의 주인공처럼
당신을 환하게 비출 겁니다

같은 조언

네가 힘들어하는 이 순간에
아무런 도움도 되지 못한 채로 가만히 있을 바에는
차라리 네가 나를 싫어하게 되더라도
도움이 되는 편이 낫다고 생각했다

그래서 내 진심이 네게 닿았음을 알면서도
같은 조언을 반복한다

이게 내가 할 수 있는
최대이고 최선이기 때문이다

그리고 감히 욕심 하나를 내보자면,
이런 나를 용서해주길 바란다
너한테만큼은 꼭 이해를 받았으면 좋겠다

메아리

속에서 메아리가 울린다

차마 바깥세상으로는 내뱉지 못하고
가슴 속 깊은 곳에서만
큰 소리로 울부짖어
속에서 메아리가 울린다

내뱉을 때 한 번,
돌아오는 메아리를 들을 때 한 번
가슴이 아파온다

꾹꾹

글씨를 쓴다
그것도 꾹꾹 눌러 쓴다

손가락 끝이 아파져 올지라도
글씨를 꾹꾹 눌러 쓴다

지금 글씨를 쓰고 있는 이 페이지가 찢겨 나가더라도
다음 쪽에 남은 흔적을 보고
그 내용을 잊어버리지 않도록
글씨를 꾹꾹 눌러 쓴다

귓속말

큰소리로 외쳐야만 네게 닿는 것을 보니
우리 사이의 거리가 꽤 먼가 보구나

가끔은,
우리 둘만의 비밀을 공유하고 싶을 때가 있는데
그러지를 못해서 너무 아쉽다

우리 사이의 공백이 메꿔져서
귓속말로도 속마음을 전할 수만 있다면
얼마나 좋을련만

문장 부호

물음표를 느낌표로 바꾸는 것
의문을 감탄으로 바꾸는 것
고백의 순간에 약속하는 것

마침표를 쉼표로 바꾸는 것
힘들 때는 쉬어갈 줄 아는 것
순간의 감정을 근거로 포기하지 않는 것

착한 척

배우들은 극이 끝난 후에
자신이 맡았던 역할의 성격을 닮아
실제 성격도 변한다고 하니

나 또한 계속 착한 척하다 보면
언젠가는 정말 착해질 거라 믿고
오늘도 착한 척을 한다

이해와 공감 그 사이

이해할 순 있지만
전부 공감하지는 못합니다
직접 겪어보지는 못했기에
전부 공감하지는 못합니다

전부 공감하고 싶다는 핑계로
거짓말을 할 수는 없는 노릇이니까
저는 아무 말 없이 귀를 기울이겠습니다

또 다른 의미

성공 사례가 없다는 건
가장 먼저 성공할 수 있다는 것

확률이 낮다는 건
결코 불가능하지는 않다는 것

넘어졌다는 건
서 있을 수 있는 사람이라는 것

실패했다는 건
절대 실패하지 않는 하나의 방법을 터득했다는 것

늦었다는 건
정말 늦었지만 결코 끝나지는 않았다는 것

돼

힘들 때는 천천히 걸어도 돼
네 발걸음에 맞추면 되니까

쓰러지려 할 때는 걱정하지 말고 쓰러져도 돼
내가 붙잡아주면 되니까

눈물이 날 때는 참지 않고 울어도 돼
울 자격 있으니까

유리 벽

한 번 깨져버린
우리 사이의 신뢰는

보이지 않는 투명하고
깨끗한 유리 벽을 만들어
같은 공간에서도
다른 공간에 있게 하였고,

너와 나의 대기를 다르게 하여서
같은 공기조차도 마실 수 없게 하였다

유리 벽을 허물어보려고도 해보지만
그럴수록 다른 공간에 있다는 사실만이
손끝을 통해 온몸으로 전해진다

응원해

할 수 있을지 없을지는 나도 몰라
네 미래까지 내가 안다고 하면
그건 오히려 거짓말이겠지

하지만, 하나는 장담할 수 있어
네가 어떤 결정을 하더라도
나는 너를 응원해

성공하더라도
실패하더라도
나만은 너를 계속 응원할 거야

내가 원하는 관계

뜨거운 관계보다는 짙은 관계가 더 좋다
온도는 내려가지만 농도는 변함이 없으니

돌처럼 단단한 관계보다는
물처럼 유연한 관계가 더 좋다
돌은 한번 떨어지면 전처럼 하나가 되지 못하지만
물은 떨어져도 다시 만나면 금방 하나가 되니

어느 한 명이 손을 뻗으면 닿을 관계보다는
함께 손을 뻗었을 때 닿는 관계가 더 좋다
익숙함에 속아 소중함을 잃지 않을 수 있으니

무표정

소중한 사람들과

오랜 시간을 보내고 나면

무표정일 때의 표정이

웃는 얼굴이 됩니다

어떤 사람과 시간을 보내느냐에 따라

얼굴이 짓는 주름과 표정이 달라지고

나중에는 표정을 닮아 마음까지도 변하게 됩니다

신경을 쓴다는 것

신경을 쓰고 있다는 건

그 대상이 그만큼 가치가 있다는 것이다

정말 가치가 없는 대상에 대해서는

신경이 쓰이지 않는다

당신은

당신은 누군가를 사랑하는 사람이기 전에

사랑받기 위해 태어난 사람입니다

목적지

흐르는 물에 탑승해

목적지 없이 목적지로 나아가고 싶다

행복해질 차례

지난날 당신이 겪어야 했던 그 아픔들은
지금 이 순간을 위해 존재했습니다

살아가면서 겪는 아픔에는 분명 한계가 있기에
이제는 봄과 함께 행복해질 것이기에
미리 그 아픔들을 겪어야 했습니다

수고 많았어요
이제는 정말 행복해질 차례에요

마음 경계

살아가면서 다양한 사람들을 만나는데
그중에는 마음에 드는 사람도 있고
그렇지 않은 사람도 있다

또, 처음에는 마음에 들었다가도
알아갈수록 마음 밖에 나는 사람이 있는데
우리는 이때 그 사람에 대해서만 실망하지 않고
사람 자체에 대해 실망하게 된다

그리고 이것은 사람에 대한 경계심을 만들고,
이 과정을 반복할수록 그것은 더욱 강해진다

그래서 나이를 먹을수록

마음을 여는 게 어려워지고

열고 싶어도 잘 열리지 않게 된다

3부

지금 느끼는 그 고통, 성장통

사람은 변한다

사람은 변한다

다만, 자기 자신에 의해서만 변한다

그 누구도 타인을 변화시킬 수 없으며,

변화시키려는 마음을 품는 것은

애정에서 비롯된 마음이 아닌

단지 허황된 욕심에 불과하다

타인의 변화를 바라는 자의 최선은

옳은 길을 알려주고

한 걸음 뒤에 서서

믿고 응원해 주는 것이니

각자의 자리에서 최선을 다하기를

사랑받고 싶다면

사랑받고 싶다면
자신을 먼저 사랑해주세요

자신에게 좋은 말을 속삭이고
사랑한다고 고백해주세요

사랑받고 싶은 만큼
그 사랑을 자신에게 품어주세요

사람은 사랑받고 있을 때의 모습이
가장 예쁘고 사랑스러우니

사랑받고 싶다면
자신을 먼저 사랑해주세요

출발선과 결승선

인생에 처음부터 그어진 출발선은 없습니다

어느 곳이 되었든,
달리기 시작하는 곳이 출발선이 될 것이고
멈추는 곳이 결승선이 될 것입니다

그리고 출발선이 뒤처져있다고 한탄만 하면,
그 시간에 먼저 달리기 시작한 사람에 비해
그만큼 출발선이 뒤처질 것입니다

또, 달리다가도 힘들 때가 찾아오면
쉬어갈 줄 아는 사람에게는 결승선이 멀어질 것이고
계속 달리기만 해서 쉬지 못한 사람에게는
그만큼 결승선이 가까워질 것입니다

공짜

공짜라고 느껴지는 것이 있다면
다시 한번 명심하자
세상에 공짜는 없다

그럼에도 공짜라고 느껴진다면
값을 지불하지 않은 것은 아닌지
자신을 한 번 돌아보자

선물 또한 주고받는 것이며
도움 또한 주고받는 것이며
마음 또한 주고받는 것이다

감정 표현

모두가 감정을 표현하고 있습니다
다만, 그 방식이 다를 뿐입니다

더 많이 웃었다고
더 행복한 것은 아니듯이,
더 많은 눈물을 흘렸다고
더 슬픈 것은 아니듯이,

모두가 감정을 표현하고 있지만
각자의 방식대로 감정을 표현하고 있습니다

겉으로 드러나는 모습만 보고

상대의 감정을 헤아리기보다는

그보다 깊숙한 마음의 소리까지도 들으려 하는

정말 멋있는 사람이 되기를

정상

정상에 올라왔다고 방심하지 맙시다

발을 헛디뎌 내려가는 건 한순간이고
내려간 곳은 처음보다도 낮은 곳일 수 있거든요

올라가는 길은 넓지만, 정상은 좁거든요

후회

과거에 얽매여 산다
조금만 더 충실했었다면 뭔가가 달랐을까
온갖 경우의 수를 대입해보며
과거에 얽매여 산다

미래에는 현재에 얽매여 산다
과거를 후회하느라 현재에 충실하지 못했음을 후회하며
현재에 얽매여 산다

후회를 성찰로 바꾸기 전까지
이 과정은 계속 반복된다

행복하다면

네가 웃는다면,

지구가 너를 축으로 삼아 자전할 것이고

네가 행복하다면,

온 별들이 너를 중심으로 공전할 것이다

웅크리다

날이면 날마다 오는 기회는 아니지만
작은 기회를 잡지는 말아요

분명 더 큰 기회를 잡아서
더 큰 사람이 될 것이니

알맞은 기회가 왔을 때
바로 뛰어오를 수 있도록
몸을 잔뜩 웅크리고만 있어요

오늘은 좋은 날

'오늘은 안되는 날'이라고 단정 지어버리면

될 일도 잘 풀리지 않게 되니

말뿐이어도 '오늘은 좋은 날'이라고 해요

그리고 혹시 알아요?

정말로 좋은 날이 될지

모두 좋은 하루 보내세요

존중해줘요

모두가 같은 이유로 아파한다고 해서

그 아픔이 없어지는 것은 결코 아니기에

부디 그 아픔을 존중해주고

그 사람을 지켜주세요

봄은 존재한다

당장에 꽃이 지면 봄이 사라진 것만 같죠

그럴 때는 과거의 봄을 생각하기보다는
언젠가는 반드시 돌아올 봄을 그려보기로 해요

제아무리 겨울이 길더라도
봄의 존재는 결코 없어지지 않기에
봄은 우리를 향해 오고 있기에
우리들 또한 봄을 향해 나아가고 있기에

곧 벚꽃과 함께 봄은 만개할 것입니다

힘을 내게 하는 법

마음에 공감해 주고 싶지만
내심 괜한 일로 힘들어하는 거 같아서
공감이 가지 않을 때가 있죠

그럴 때는 따끔한 충고 한마디보다도
그저 귀를 기울여 보는 게 어떤가요

힘들만 한 일이 아님에도 힘들어하고 있음을
상대도 알고 있을 거거든요
그럼에도 당신께 용기 내어 꺼낸 말들에
나무라기보다는 귀를 한 번 기울여봐요

당신의 경청이 상대에게는 힘을 내게 하는
가장 좋은 방법이 될 거예요

노력하는 당신께

열심히 노력하고 있는 당신,

목적은 없이 왠지 노력해야만 할 것 같아서

노력하고 있지는 않으신지요

맞다면, 잠시 멈추고

목적이 뭔지 생각해봐요

작아도 괜찮으니 꼭 한 번 생각해봐요

목적은 타오르는 당신의 노력에

질 좋은 장작이 될 겁니다

마음의 생명력

마음에는 생명력이 있어서

힘들면 죽기도 하고,

잘 보듬어주면 자라기도 하고,

표현하지 않고 간직하고만 있으면 상하기도 합니다

그리고 상한 마음은

다른 마음까지도 상하게 하기 전에

재빨리 뱉어내야 합니다

어린 새싹

앞으로의 삶은 더 힘들 테니

지금의 어려움쯤은 참으라는 말로

어린 새싹을 밟지 말아요

어린 새싹은 단지 어린 새싹답게 행동했을 뿐입니다

오직 마음만

가까워지는 데 함께한 시간은 중요하지 않고,
멀어지는 데도 함께한 시간은 중요하지 않다
오직 마음만 중요할 뿐이다

함께한 시간에 얽매여
마음의 소리에 귀를 기울이지 못하면 안 된다

진심

진심이었는지 아니었는지는
그다지 중요하지 않습니다

그대가 내뱉은 말을
상대가 진심으로 받아들였다면
그것은 그대의 의도와 상관없이 진심인 것이고

상처가 되었다면
당신에게는 상처에 대한 책임이 주어집니다

모든 말에 진심일 수는 없겠지만,
청자는 당신의 마음을 헤아릴 수 없기에
모든 말을 진심으로 받아들일 수 있다는 점을
항상 잊지 맙시다

결과가 어떻든

노력했다면 결과가 어떻든
스스로에게 박수 치며 격려해 주세요
그리고 나서 필요한 말을 해주세요

결과에 상관없이
열심히 노력했다는 사실 하나만큼은
변하지 않는 진실이기에

잘했음을 인정하고 칭찬할 줄 알아야
장점을 더욱 발전 시켜
다음에 무엇을 하든 더 잘할 수 있기에

그 노력을 인정해주고
진심으로 격려해 주세요

솔직하게

동정심에 호소하기보다는
위로받고 싶다고 먼저 말해보세요

당신께 정말 소중한 사람이라면
당신의 마음과 용기에 충분히 공감해 줄 것입니다

그리고 설령 공감을 얻지 못하더라도
속상해하지 않으셔도 됩니다
당신의 진심에 공감하지 못하는 사람에게서는
차라리 뭔가를 기대하지 않는 게 더 좋습니다

마음이 진심으로 원하는 것

같은 경우여도 시간이 흐름에 따라

그에 대한 견해는 달라지기 마련이죠

내뱉은 말을 지키려는 책임감은 훌륭하지만

결국에는 과거의 자신이 옳다고 생각했던 바가 아닌

현재의 자신이 옳다고 생각하는 바를 따르기로 해요

그게 마음이 진심으로 원하는 바니까요

사과

잘못했다면 그냥 잘못한 것이고,
미안하다면 그냥 미안한 것이다

한 마디의 사과면 충분할 것에
필요 없는 말들을 덧붙여
사과의 의미를 왜곡하지 말자

다수결

많은 사람이 맞는 말이라고 해서
항상 맞는 말인 것은 아닙니다

때로는, 혼자서 옳다고 말했던
사람의 말이 옳은 경우가 있습니다

지금 당신의 생각이
단지 다른 사람들로부터
공감을 얻지 못한다는 이유만으로
틀렸다고 생각하지는 말아요

다수결이 항상 옳은 것은 아니니까요

성장통

지금 느끼는 그 고통, 성장통입니다
자기 일에 책임질 수 있는
더 큰 사람이 되어가는 중이라고요

어떤 어른도 어린 시절을 거치지 않은 어른은 없는 것처럼,
더 큰 사람이 되기 위해서 반드시 거쳐야 하는 과정을
지금 거치고 있는 것입니다

성급한 진심

당신이 상대를 잘 안다고 할지라도
상대는 당신에 대해 잘 모를 수 있어요
그러니 마음의 문을 똑똑 두드리고 기다려봐요

안에서만 열리는 마음의 문이
언젠가 한 번은 열릴 것이니
그 순간을 믿고 기다려봐요

당신의 성급한 진심이
상대에게는 집착으로 느껴질 수 있어요

행복을 선택하다

미워하는 방법을 안다면,
사랑하는 방법도 압니다

싫어하는 방법을 안다면,
좋아하는 방법도 압니다

나쁜 말이 무엇인지 안다면,
좋은 말이 무엇인지도 압니다

울 줄 안다면,
웃을 줄도 압니다

행복은 당신이 선택하는 것입니다

좋은 때

지금 노력하지 않으면,
다시 한번 노력해야 하는데

그때는 함께 달려 나가던 사람들이
자유를 만끽하고 있을 때여서
지금보다 더 많은 유혹을 견뎌야 하고,
더 큰 노력을 기울여야 한다

결국 노력에도 가장 좋은 때가 있는 법이고
그 보람을 느끼는 데도 가장 좋은 때가 있는 법이다

우리 함께 조금만 더 노력해서 함께 기뻐하자

위로

위로에는 거짓말이 들어가지 않으니
진심을 포장한다는 핑계로 거짓말하지는 맙시다

위로는 단지 진심을 전했다면
최선의 위로가 되는 것이고,
전한 진심이 상대에게 닿았다면
최고의 위로가 되는 것입니다

수단과 방법은 중요하지 않고
오직 진심만이 중요할 뿐이니
더 위로가 되고 싶다는 핑계로 거짓말하지는 맙시다

죽음

우리는 모두 죽어가고 있습니다

아직은 먼 곳에 있지만,

묵묵히 그리고 꾸준히 죽음을 향해 나아가고 있습니다

그러니 죽음에 도착하기 전에

하고 싶은 건 얼른 다 해보기로 해요

죽음은 남의 일이 아니기에

우리는 지금 이 순간에도 죽어가고 있기에

삶

세상에 어울리기 위해서는
원하지 않는 사람이랑도
어울릴 줄 알아야 하고

하고 싶은 것을 하기 위해서는
해야만 하는 것들을 먼저 해야 하는 삶이지만
그렇다고 원하지 않는 삶을 살 필요는 없다

원하지 않는 사람과 관계를 맺기 싫다면
세상과 어울리지 않아도 되고,
해야만 하는 것들이 하기 싫다면
하고 싶은 것들을 포기해도 된다

그리고 그 이유는 당신의 마음 하나면 충분하다

당신의 마음이 원하지 않는다면,

세상과 어울리지 않아도 되고

하고 싶은 것들을 하지 않아도 된다

상대가 누구든

상황이 어떻든

당신이 어떤 사람이건

당신에게는 당신만의 삶을 살 자격이 있다

마음 표현

마음을 잘 표현하지 못한다고 해서
자책하지 않아도 되지만,
이해를 바라서도 안 됩니다

또, 당신의 마음을 잘 이해하지 못하거나
마음이 맞지 않는 상대에 대해서도
그가 당신처럼 마음을 서툴게 표현하였음을
이해할 줄 알아야 합니다

아름답게 빛나는 점

칭찬하기 위해

아름답게 빛나는 점을 찾아주세요

사람은 꽃보다 아름답다는 말처럼

모든 사람은 아름답고 칭찬할 거리가 넘칩니다

그러니 식상한 덕담이나

예의상 건네는 칭찬보다도

실제로 아름답게 빛나는 점을 찾아서 칭찬해주세요

당신의 그 한 마디가

상대의 심금을 울린다면

일평생을 행복하게 할 수 있습니다

꽃말

'착하다' 또는 '나쁘다'처럼
사람을 한 단어로만 나타내지 말아요

사람은 무지갯빛으로 빛나는
아름다운 개성을 가지고 있으니,
모두 저마다의 꽃말이 다른 꽃이니,

하나의 단어 속에 사람을 가두지 말고
그 사람 고유의 꽃말을 불러주세요

관심이 필요할 때

보이지 않는 곳에 상처가 났는데
제아무리 가까운 사람인들
어떻게 알고 위로해 줄 수 있을까요

관심이 필요할 때는
그 마음을 알아줄 때까지
혼자 앓지 말고
먼저 관심을 부탁해도 됩니다

공감하지 마라

당신에게 아픔을 준 이들에게
그 이유에 관해 묻는다면

그제야 이유를 만들기 위해
허튼 노력을 기울일 그들이니
그들에게 공감하지 말아라

그들에게는 공감할 거리도 없고
그럴 가치 또한 없다

자기 최면

마음에 확신이 없다면
그것을 혼자 간직할 줄도 알아야 합니다

확실치 않은 마음을 계속 표현하다 보면
마치 그 마음이 진심인 것 마냥
자기 최면에 빠질 수 있습니다

노력한 만큼 결과는 나와

세상에는 노력을 채점하는 존재가
따로 있는 건 아니라서
노력한 만큼 결과가 나오지 않을 수 있고,
그보다 나오지 않을 수도 있습니다

그러니 노력한 만큼 결과가 나온다는 말은
가슴 속에 넣어 둡시다

대신, 잘한 일에 대해서는
칭찬을 해줘서
다음에도 잘할 수 있게 하고

그렇지 않은 일에 대해서는

올바른 길을 제시해주는

정말 도움이 되는 말을 합시다

아무 이유 없이 우울할 때

가끔, 아무런 이유 없이
우울할 때가 찾아오죠

그럴 때면 매번 벗어나려 발버둥 치기보다는
한 번쯤은 마저 우울해하기도 해봐요

우울함 또한 마음이 내뱉는 진심이니
마음의 소리에 귀를 기울여봐요

당신께 바라는 한 가지

당신을 지지하는 소중한 사람들이
당신께 바라는 한 가지는 성공하는 게 아닙니다

대신, 열심히 달리고 있는 당신이
장애물에 부딪혀서 온몸이 부서져도
그 조각들을 주워 담아
다시 당신을 만들 것이니
과감하게 달려 나가는 것입니다

그러니 걱정하지 말고 앞으로만 나아가세요
당신의 몫까지 우리가 대신 걱정하겠습니다

책임

한 번의 실수는 괜찮으니
같은 실수를 반복하지는 말자면서도 반복한다

사람은 조심하고 또 노력할 수는 있어도,
결코 완벽해질 수는 없기 때문이다

그렇기에 누구나 그랬듯이
또 사람이기에 어쩔 수 없이
같은 실수를 반복할 수 있다

하지만, 그 책임으로부터는 자유로울 수 없고
그 책임의 정도는 우리가 결정하지 못한다는 사실을
절대 잊어서는 안 된다

거리 두기

선물 받은 소중한 감정들에 대해
그만큼 상대에게 선물해줄 자신이 없다면,
너무 가까워지는 것보다도
적당히 거리를 두는 게 나을 수 있다

가까운 곳에 있어야만
소중한 사이인 것은 아니니
각자의 자리에서 서로를 위해
최대가 아닌 최선을 다하면 된다

4부

밤하늘 속 하나의 별이 된 나의 벗들에게

풍선

얼마나 많은 풍선에 매달려야

밤하늘 속 하나의 별이 된 너에게 닿을 수 있을까

네 생각에 잠 못 이루며

내쉰 한숨들을 모아 풍선을 분다면,

네게 닿을 수 있지 않을까

한숨을 통해

내 안의 무거운 짐들을 토해내면,

너에게 닿을 수 있을 만큼 가벼워지지 않을까

너에게 닿을 수만 있다면

뭔들 못할까

잊지 못하는 기억

절대 잊지 못하는 기억이 있다
그것은 너와의 기억이다

너와 함께한 기억은 추억으로 남아
나의 일부분이 되었기 때문에,
그렇게 너를 잊는 일은
곧 나를 잃는 일이 되었기 때문에,

잊고 싶어도 절대 잊지 못하며
잊을 수 있더라도 잊어서는 안 되는 기억이 되었다

너를 잊는 만큼 나의 일부분이 없어지고,
내가 살아온 삶에는 공백이 생긴다

언젠가 내 곁을 떠나게 된다면

그대여,

언젠가 내 곁을 떠나게 된다면

밤하늘 속 하나의 반짝이는 별이 되어주오

힘겨운 하루를 끝마치고

집으로 돌아갈 때

어둠 속에서도 길을 잃지 않도록

밝은 빛으로 내게 손을 흔들어주오

나는 그것 하나면

하루의 보람을 느낄 것이고,

힘겨웠던 하루를

참 행복했던 하루로 기억하게 될 것이오

비야

비야,

떨어지는 너를 온몸으로 받아줄 테니

올라가는 길에 나를 데려가 주지 않겠니

밤하늘 속 하나의 별이 된 나의 벗에게로

데려가 주지 않겠니

별아

별아,
어두운 밤하늘에 홀로 외로이 서 있지 말고
이제 그만 나에게로 떨어져 내려와라

길을 잃을 때마다
밝게 빛나는 너를 별자리 삼아
길을 찾을 수 있었으니

세상을 혼자 살아간다고 생각했을 때
내게 손을 흔드는 너를 보며
심심하지 않을 수 있었고
용기를 얻을 수 있었으니

이제는 내가 그 은혜들에 보답할 수 있도록

나에게로 떨어져 내려와라

떨어지는 너를 한 번 보고,

두 눈을 지그시 감고,

너의 행복을 빌어주겠다

너를 지우다

너를 지우려다

그만 종이까지 찢어버렸다

종이는 너를 끝까지 붙잡더니

결국엔 너와 하나가 되어 나를 떠났다

찢긴 부분은

시간이 지남에 따라 익숙해져서

신경이 쓰이진 않지만,

결코 채워지지는 않았다

그냥 그렇게 됐다

나의 일부분은 그렇게 떨어져 나갔다

달력

달마다 달력을 찢으며 생각한다

달력을 몇 장이나 찢어야지

네가 달력에 붙어 찢겨 나갈까

나는 언제쯤 너를 잊을 수 있겠냐는 것이다

달력을 찢는 순간마다

너를 다시 한번 떠올려서인가

아니 그때만큼이라도

잊지 않고 떠올리고 싶어서인가

달력을 찢을 때마다 너를 잊지 않았음을 느꼈고,

나는 마치 그걸 즐기는 것 마냥

이번에도 달력을 찢으며 너를 잊지 않았음을 자축한다